Lorenz Kling

Über Melaena neonatorum

Antigonos

Lorenz Kling

Über Melaena neonatorum

Unveränderter Nachdruck der Originalausgabe von 1875.

1. Auflage 2024 | ISBN: 978-3-38635-070-9

Antigonos Verlag ist ein Imprint der Outlook Verlagsgesellschaft mbH.

Verlag: Outlook Verlag GmbH, Zeilweg 44, 60439 Frankfurt, Deutschland
Vertretungsberechtigt: E. Roepke, Zeilweg 44, 60439 Frankfurt, Deutschland
Druck: Libri Plureos GmbH, Friedensallee 273, 22763 Hamburg, Deutschland

Über
Melaena neonatorum.

Inaugural-Dissertation

zur Erlangung der Doctorwürde

unter dem Präsidium des

Hofraths und Professors

Dr. W. F. C. v. Hecker,

o. ö. Prof. der Geburtshilfe, Direktor der Gebäranstalt zu München etc. etc.

der medicinischen Fakultät zu München vorgelegt

von

Lorenz Kling,

approb. Arzte,

z. Z. Assistenz-Arzt im städt. Krankenhause München r/J.

München, 1875.

J. Schreiber's Buchdruckerei, Rindermarkt 6.

Ueber Melaena neonatorum.

Unter Melaena ($\nu\acute{o}\sigma o\varsigma\ \mu\acute{\epsilon}\lambda\alpha\iota\nu\alpha$, morbus niger) versteht man Blutung aus Magen und Darm, Bluterbrechen und blutige Diarrhöen. Die Quelle der Blutung, das blutende Gefäss, liegt entweder in der Wand des Verdauungs-Tractus selbst, oder das Blut ist aus anderen Organen: Mund, Nase, Rachen in den Magen hinabgeflossen, oder es stammt von aussen und ist verschluckt worden. In ersterem Falle spricht man von Melaena vera, in den beiden letzteren von Melaena spuria. Bluterbrechen und blutige Diarrhöen, wobei das Blut aus den Darmgefässen selbst stammt, sind nicht seltene Erscheinungen verschiedener lokaler Erkrankungen des Verdauungskanales oder allgemeiner Constitutionskrankheiten: Scorbut, Typhus, Gelbfieber u. s. w. und werden bei Erwachsenen häufig genug beobachtet; bei Neugebornen dagegen sind diese beiden Phänomene so selten, dass man jede derartige Beobachtung der Veröffentlichung für werth hält, und dennoch ist die Zahl der in der Literatur verzeichneten Fälle eine verhältnissmässig kleine. So sind z. B. nur 17 Fälle von Melaena neonatorum in der Münchener Gebäranstalt beobachtet worden, seitdem Hofrath v. Hecker dieselbe leitet, wiewohl schon über 16 Jahre seit seiner Berufung an hiesige Universität (April 1859) verflossen sind und zwischen 12—13000 Geburten stattgefunden haben, so dass ein Fall von Melaena auf etwas über 700 Neugeborne trifft. Wiewohl aber diese Krankheit der Neugebornen nicht zu den häufiger vorkommenden gehört, so kann doch ihre Bearbeitung, was Symptome, Prognose und Behandlung betrifft, als ziemlich erschöpfend betrachtet werden. Viel weniger gilt diess von ihrer Ursache

1*

und der Ansichten und Möglichkeiten hierüber gibt es recht viele; die wichtigsten davon anzuführen, möge mir gegönnt sein.

1. Das erbrochene oder mit dem Stuhl entleerte Blut stammt nicht aus Magen- oder Darmgefässen des Neugebornen, sondern ist von diesem verschluckt worden; so glaubt ein Arzt Ebart[1]) aus Bürgel, dass in einem von ihm beobachteten Falle der Fötus Blut geschluckt habe, welches durch einen Sturz der Mutter in's Fruchtwasser gekommen sei. (Gleicher Meinung sind Baudeloeque,[2]) Hellwag[3]) u. A.

Schmitt[4]) und Hesse[5]) erklären viele Fälle von Melaena in der Weise, dass das Kind aus milchleeren oder wenig Milch haltenden Brüsten, bei entzündlichen Zuständen dieser, Blutungen aus den Milchgängen, oder bei Excoriationen und Verschwärungen der Brustwarzen Blut eingesogen und nachher per os oder per anum wieder entleert habe.

Brebis[6]) und nach ihm Vogel,[7]) Storch,[8]) Bouchut,[9])

---

[1]) Ein ganz blutiger Fötus, der gleich nach der Geburt Blut weggebrochen. Sammlung von Natur- und Medicin-, wie auch hieher gehörigen Kunst- und Literatur-Geschichten, so sieh anno 1723 u. s. w. Herausgegeben von einigen academisch. Naturae Curios. in Breslau. Sommer, Quart, 1723. S. 552.

[2]) Anleitung zur Entbindungskunst, aus dem Französischen von Meckel. I. Bd. Leipzig, 1791 S. 318.

[3]) Nordisches Archiv für Natur- und Arzneiwissenschaft. 3. Bd. 3. St.

[4]) Medicinische Jahrbücher des k. k. österr. Staates. 4 Bd. S. 2.

[5]) Von dem Bluterbrechen und der Meläna Neugeborener. Pierer, Allgemeine medic. Annalen 1825. Juni, 6. Heft.

[6]) De vomitionibus et dejectionibus cruentis in puerulo recens nato salutaribus et per exhibitionem spermatis ceti et oleo amygdalino resoluti curatis obs. XXVIII. und de vomitu et secessu in puerulo recens nato lethali obs. LVIII. In Act. phys. med. Acad. nat. curios. vol. IV. Norimb. 1737.

[7]) De cognoscendis et curandis praecipuis corporis humani affectibus. Göttingen, 1782, pag. 215.

[8]) Theor. und praktische Abhandlungen über Kinderkrankheiten. Eisenach, 1750/51. 1. Bd. S. 426; 3. Bd. S. 179.

[9]) Traité pratique des maladies des nouveaux-nés et des enfants à la mamelle. Deuxième édition. Paris, 1852. S. 582.

u. A. erklären die Melaena aus Zerreissung von Blutgefässen in Mund-, Nasen- oder Rachenhöhle des Kindes, Herabfliessen des Blutes in den Magen und späteres Erbrechen desselben. Die postulirte Hämorrhagie selbst führen sie auf lange Geburtsdauer und starke Compression durch die Wehen zurück. Eine Bestättigung für diese Ansicht durch eine Section fehlt; sie bleibt also vorläufig eine Hypothese.

2. Das Blut stammt aus Magen- und Darmgefässen des Kindes und rührt her von der Anbohrung eines Gefässes durch einen Spulwurm (Hesse[5]), oder vom Reiz eines Polypen, oder aus einer Telangiectasie. (Hesse[5]), Helmbrecht[10]).

Als weitere Ursachen werden angegeben: Krämpfe (Vogel,[11]) Tissot[12]), heftiges und wiederholtes Erbrechen (Hesse[5]), angeborene Anlage (Hesse[5]), Barrier[13]), Rilliet und Barthez,[14]) Rahn-Escher[15]), krankhafte Reize und Säuren (Hesse[5]), Atonie der Gefässe und in Folge davon krankhafte Secretion (Hesse[5], Rahn-Escher[15]), Schärfe des verschluckten Liquor Amnii (Siebold[16]). Auch als Hämorrhoidalblutung sind viele Fälle von Melaena aufgeführt worden.

In wie weit jedes der genannten Momente mit Melaena in causalem Zusammenhange steht, lasse ich dahingestellt. Zum grössten Theil dürften es vage Vermuthungen sein. Auf sicheren Beobachtungen fussen sie sich jedenfalls nicht.

3. Die Magen- und Darmblutung ist Symptom einer Allgemeinerkrankung. Schon Hesse[5]) erwähnt Kachexien als Ursache solcher Blutungen; Bouchut[9]) führt als eine Ursache

---

[10]) Badische medicin. Annalen, 1843.

[11]) Handbuch der prakt. Arzneiwissenschaft. 3. Thl. Stendal, 1800.

[12]) Nervenkrankheiten. 3. Thl. S. 28.

[13]) Traité pratique des maladies de l'enfance. Paris et Lyon 1845, pag. 7.

[14]) Traité clinique et pratique des maladies des enfants. Tome II. Paris 1853.

[15]) Observations sur les hémorrhagies des premiers voies chez les enfants nouveaux-nés Gazette med. de Paris 1835 pag. 40.

[16]) Journal für Geburtshilfe u. s. w. Bd. V St. 1 S. 3.

der Blutungen Neugeborner die Purpura haemorrhagica an,
Rilliet und Barthez[14]) Scorbut und Hämophilie, Pocken.

Ferner kommen Magen- und Darmblutungen vor bei der akuten
Fettdegeneration der Neugebornen. Unter diesem Namen fasst
Buhl[17]) einen Complex folgender Erscheinungen und Veränder-
ungen an Neugebornen zusammen: Die meist gut genährten Kinder
werden gewöhnlich asphyktisch geboren, entleeren bald Blut
durch Mund und After, werden nach 3—6 Tagen ikterisch, worauf
neben anderen Hämorrhagien auf Haut und Schleimhaut eine
profuse Blutung aus dem Nabel oder Darm eintritt und gehen
daran zu Grunde. In der Leiche findet man mannigfache
Blutextravasate und Fettdegeneration in fast allen Organen.
Diese allgemeine Ernährungsstörung ist angeboren oder
äusserst akut in den letzten Tagen vor der Geburt entstanden
und stellt sich dar als eine parenchymatoese Entzündung und
zwar als deren 2. Stadium, als akute Fettdegeneration. Der
Tod entsteht durch die Veränderung des Blutes, durch die in
allen lebenswichtigen Organen vorhandene Ernährungsstörung.

Ritter von Rittershain[18]) stellt in seinem Bericht über
Blutungen im frühesten Kindesalter nach Beobachtungen in
der Prager Findel-Anstalt eine temporäre, vorübergehende
Haemorrhophilie auf. Die Blutung findet statt aus den Capillaren des Nabels oder aus den Nabelgefässen, aus den
weiblichen Sexualorganen, sehr häufig aus Magen und Darm,
Mund- und Augenlidern. Nach seinen Beobachtungen sind
die Blutungen nicht die Erkrankung selbst, sondern nur Theil-
erscheinung der Erkrankung. Der Unterschied zwischen der
Bluterkrankheit und der hier bestehenden allgemeinen Blut-
ungs-Diathese liegt nach ihm darin, dass die Blutungen bei
Kindern nie ohne Allgemeinerkrankung derselben auftreten,
und ferner darin, dass die Blutungen durchaus ohne zufälligen
mechanischen Anstoss erfolgen.

Ueber die Ursachen der vorübergehenden Hämorrhophilie

---

¹⁷) Klinik der Geburtskunde. Beobachtungen und Untersuchungen
aus der Gebäranstalt zu München von Dr. C. v. Hecker und Dr. C.
v. Buhl. Leipzig, 1861. 2. Bd. von C. v. Hecker daselbst 1864.

¹⁸) Oesterr. Jahrbuch für Paediatrik. Jahrg. 1871. Bd. II.

sagt Ritter Folgendes: Die häufigste Begleiterscheinung der Blutungen war Darmkatarrh und es schienen dieselben Umstände, welche das Auftreten des Darmkatarrhs begünstigen, auch die Blutung aus der Darmschleimhaut zu erleichtern. Die Bluterdiathese wird durch die mit der Diarrhoe zunehmende Schwäche gefördert werden. Die secundären Diarrhöen hält er für pyämische, ebenso den Icterus neonatorum. In anderen Fällen fanden sich directere Symptome der Pyämie vor: Hautabscesse, gangränescirende Stellen, Decubitus etc. Ueberhaupt ist nach ihm das Zusammentreffen der Pyämie und der Blutungen häufig genug, um es wahrscheinlich zu machen, dass die grosse Disposition zur pyämischen Erkrankung, sowie die Häufigkeit der Anlage zu capillären Blutungen, welche diesem Abschnitt des Kindesalters eigen sind, auf jene Momente zurückzuführen sind, welche die Störung der Blutbildung, der regelmässigen Oxydation, Zusammensetzung und Entwicklung von Blutgasen und Oligämie in eben diesem Alter begünstigen.

4. Anomalien in der Blutmenge und Blutvertheilung. So leitet ein ungenannter Schweizer Arzt[*]) die Melaena von einer allgemeinen Plethora ab, die jedem Neugeborenen eigenthümlich sei und einer Ausgleichung bedürfe, sei es durch Blutung aus den Nabelgefässen oder durch Bluterbrechen. Dass diese Ansicht die richtige nicht sein kann, beweist das seltene Vorkommen der Melaena allein schon, abgesehen davon, dass das Vorkommen einer allgemeinen Plethora überhaupt nicht erwiesen ist.

Als häufigste Ursache der M. erklärt Hesse[5]) eine physiologische locale Plethora zum Verdauungstractus, die gesteigert durch mangelhafte Respiration es zur Blutüberfüllung im Pfortadersystem und zu Blutungen aus Magen und Darm kommen lässt.

Billard[19]) lässt das Blut aus der Magenoberfläche ausschwitzen in Folge passiver Hyperämie.

---

[*] Archiv für Medicin, Chirurgie u. Pharmacie v. einer Gesellsch. Schweizer-Aerzte herausgegeben, Aarau 1816. I. Heft. 1. Jahrg. S. 57.
[19]) Traité des maladies des enfants nouveaux-nés et à la mamelle. Paris 1828.

Rilliet und Barthez [14]) lassen Erblichkeit eine grosse Rolle spielen, das Hauptmoment aber legen sie auf eine Steigerung der post partum normal schon im Verdauungskanal vorhandenen Hyperämie durch gehemmten venösen Rückfluss bei Atonie der Gefässe, vergrösserter Leber, Milz, erschwerter Athmung.

Als eine Ursache für M. gibt Kiwisch [20]) die zu frühe Unterbindung der Nabelschnur an; in Folge davon entstünden Blutungen im Gehirn oder im Darm (Unterleibsapoplexie).

Lumpe [21]) und Hoffmann [22]) nehmen eine unmittelbare Gefässcommunikation zwischen den Leber- und Gallencapillaren an; diese veranlasse bei Ueberfüllung der Leber mit Blut eine Ausdehnung dieser natürlichen Wege und Abgang dieses durch den Ductus choledochus in den Darmkanal.

6. Wesentlich gefördert wurde die Aetiologie der M. durch die Beobachtung Billards [19]) von Ulcerationen im Magen der an M. verstorbenen Kinder, die er von einer fötalen Magenentzündung ableitet. Nach diesem Beobachter gibt es aber auch eine nach der Geburt entstandene folliculöse Magenentzündung, bei der Erbrechen blutiger Massen ein Symptom sein kann. Für die gewöhnliche Ursache der M. sieht Billard die gefundenen Ulcerationen nicht an, sondern, wie schon erwähnt, die Ausschwitzung des Blutes auf der Magenoberfläche in Folge passiver Hyperämie.

Fälle von Geschwüren im Magen und Darm gestorbener Neugebornen erwähnen auch Orfila, [23]) Siebold, [16]) v. d. Busch. [24]) Bouchut [9]) lässt als ätiologisches Moment der M. acute und

---

[20]) Oesterr. med. Wochenschrift Nro. 4 und 5. Die Unterleibsapoplexien der Neugeborenen.

[21]) Merkwürdiger Fall von Blutabgang aus dem After eines Neugeborenen. Oesterr. med. Wochenschrift. 1841. Nro. 51.

[22]) Spontaner Blutabgang aus dem After eines neugeborenen Kindes. Badische medicin. Annalen. 1842.

[23]) Leçons de médicine legale, Paris 1828.

[24]) Neues Journal der prakt. Arzneikunde, herausgegeben von Hufeland u. Osann, 1836. Juli 1 Stk. S. 123.

chronische Entzündung der Verdauungsorgane gelten. Aber die Bestättigung durch eine Obduction hat er nicht beigebracht.

Obwohl also das Vorkommen von Magen- und Darmgeschwüren bei Neugeborenen anerkannt war, so wurden diese doch nicht mit Bestimmtheit als die Quelle der Blutung angesprochen. Erst durch Hecker [25]) und Buhl wurde auf solche Ulcerationen das gehörige Gewicht gelegt und von denselben geradezu die Blutung abgeleitet. Wie aber diese Geschwüre, die sie als vor der Geburt acquirirt ansehen, entstehen, lassen sie unaufgeklärt. Nur das stellen sie in Abrede, dass die Geschwürsbildung mit Vorgängen in und bei der Geburt in Zusammenhang stehe.

Seit diesen Beobachtungen wurde bei der Section der an M. gestorbenen Kinder dem Magen und Darm grössere Aufmerksamkeit geschenk und in vielen Fällen wurden seitdem Geschwüre gefunden, so von Binz, [26]) Moll, [27]) Carteaux, [28]) Spiegelberg [29]) u. A., welche alle den Ursprung der Geschwüre gleichfalls in's intrauterine Leben verlegen. So sicher es nun feststeht, dass viele oder die meisten Fälle von M. durch Eröffnung eines Gefässes durch ein in die Tiefe greifendes Geschwür zu Stande kommen, so dunkel ist die Art der Geschwürsentstchung. Die erste Erklärung wurde von Bohn [30]) in seinem Buche über Mundkrankheiten versucht, wo er sich dahin ausspricht, dass die Folliculartumoren im Magen und Darm und die Acne am harten Gaumen der Neugeborenen Theilerscheinungen eines im Follikelapparate des gesammten Darmkanals spielenden fötalen Prozesses seien, welcher bald noch innerhalb der physiologischen Grenzen sich bewegend, bald zu pathologischen Erscheinungen (Geschwüren) gesteigert

---

[25]) Klinik der Geburtskunde. Bd. II. Leipzig, 1864.

[26]) Berliner klinische Wochenschrift. 2. Jahrgang 1865. S. 148 ff. Seite 164 f.

[27]) Schmidt's Jahrbücher. Bd. 18. S. 304.

[28]) Schmidt's Jahrbücher 1857.

[29]) Jahrbücher für Kinderheilkunde. N. F. II. 333.

[30]) Mundkrankheiten der Kinder. Leipzig 1866.

im selbstständigen Leben zum Austrag komme. Bohn ist also der Meinung, dass durch Verstopfung des Ausführungsganges einer Drüse oder durch Anschwellung der Follikel es im Magen und Darm zu Ulcerationen kommen könne.

Eine andere Erklärung der Geschwürsbildung gibt Steiner[31]), welcher sagt: Das runde perforirende Magengeschwür, eine im Kindesalter höchst seltene Erscheinung, scheint seinen Grund in Fettentartung der Arterien zu haben und erzeugt jenen unter dem Namen M. neanotorum beschriebenen Symptomencomplex.

Der gleichen Meinung schliesst sich Rehn[32]) an, welcher überdies noch hervorhebt, dass oberflächliche Substanzverluste von mehr streifiger Form zu den katarrhalischen und zu den hämorrhagischen Erosionen, resp. Ulcerationen gehören und sich bei allen Krankheiten vorfinden, welche mit Erhöhung des Blutdruckes und gleichzeitiger Ernährungsstörung der Gefässe einhergehen.

Recht mannigfach sind also die Meinungen in der Aetiologie der Melaena. Die Frage nun, ob nicht für alle Fälle von M. ein ätiologisches Moment vorliege, hat in neuester Zeit Dr. Landau[33]) in Breslau in seiner Schrift über M. n. und Obliteration der fötalen Wege zu beantworten gesucht und ist dabei zu folgendem Resultat gelangt: Die M. vera beruht auf Embolie einer Magen- oder Darmarterie und darauf erfolgter Anätzung der ausser Ernährung gesetzten Schleimhautpartie durch den sauren Magensaft. Der Embolus stammt aus der Vena umbilicalis oder dem Ductus arteriosus Botalli. Wie aber entsteht hier eine Thrombose? Landau räsonnirt darüber so: Normal obliterirt die Nabelvene durch endotheliale Verklebung, indem durch die Wirkung der ersten ergiebigen Inspiration das im intrabdominellen Theile der Nabelvene be-

---

[31]) Compendium der Kinderkrankheiten. Prag 1873.

[32]) Ein Fall von Magengeschwüren bei einem Kinde im Jahrbuch für Kinderheilkunde. N. F. VII. Jahrg. 1873.

[33]) Ueber Meläna der Neugeborenen nebst Bemerkungen über die Obliteration der fötalen Wege. Breslau 1874.

findliche Blut aspirirt wird und die Wandungen des Gefässes auf einander fallen. Wenn nun die erste Inspiration lange auf sich warten lässt und die Herzaction geschwächt ist (Asphyxie), der Abfluss des Blutes aus der Nabelvene durch Compression oder Durchschneidung der Nabelarterie, also wegen mangelnder vis a tergo unmöglich ist, so muss die Blutsäule in der Nabelvene stagniren und thrombosiren. Es muss aber bei mangelhafter Ausbildung des kleinen Kreislaufs und gehinderter oder erschwerter erster Inspiration nicht stets Thrombose der Nabelvene folgen, da das stagnirende Blut, noch ehe es thrombosirt ist, noch aspirirt werden kann. Die Möglichkeit der Aspiration eines kleinen Thrombus aus der Nabelvene ist leicht einzusehen. Bei mangelhaft ausgebildetem kleinen Kreislauf gelangt dieser Thrombus in's rechte Herz, in den Duct. art. Bot. und von da in den grossen Kreislauf. Der Tripus Halleri ist das erste grössere von der Aorta dese. abgehende Gefäss und so werden die Emboli am leichtesten in die von diesem ausgehenden kleineren Arterien gelangen können.

Ebenso sieht Landau für das Zusammenfallen des Duct. arter. Bot. die Ursache in der durch die erste Inspiration bewirkten Aspiration des Blutes nach den Aesten der Arteria pulmon. hin. Bei unvollkommener oder erst allmählig eintretender Athmung sei die Aspiration unvollständiger und es seien hier die Bedingnngen zur Thrombusbildung gegeben. Für jene Fälle, wo nicht der ganze Duct. Bot., sondern nur eines seiner Enden thrombosirt gefunden wird, gibt Landau eine wenig glaubwürdige Erklärung, wenn er behauptet, dass diese Art von Thrombose eigentlich eine Embolie sei, welche von einem aus der Vena umbil. aspirirten Thrombus herrühre. Bei Anfangs gestörter, sich aber bald in vollem Masse herstellender Respiration könne ein aspirirter Thrombus im Ductus Botalli stecken bleiben, bei unvollkommen bleibender Athmung werde aber ein aspirirter Thrombus den Duct. Bot. passiren und in das Gebiet der Aorta dese. gelangen, ein grösserer werde allerdings auch in diesen Fällen im Duct. B.

stecken bleiben. Es gehe also hieraus hervor, dass die Magen-
und Duodenalgeschwüre Neugeborener nicht intrauterinen Ur-
sprungs seien, sondern durch gestörte Circulations- und Res-
pirations-Verhältnisse post partum entstehen.

Nachdem ich nun die wichtigsten Ansichten über die Entstehung der M. n. angeführt habe, will ich mit thunlichster
Bündigkeit die in hiesiger Gebär-Anstalt seit Juli 1859 beobachteten 17 Fälle anführen und sie bezüglich der Aetiologie,
soweit möglich, verwerthen.

1. 23/7 1859. Mutter I para, Becken normal; Dauer
der 2. (Austreibungs-) Periode 4 Stunden. Kind: Knabe,
$5^4/_5$ Pfd. schwer, in 1. Scheitellage geboren, asphyktisch;
Nabelschnur zweimal um den Hals geschlungen. Am 1. und
2. Tage Blutabgang per os et anum; am 3. Tage gestorben;
Sectionsbericht fehlt.

2. 31/5 1861. Mutter I para, Becken normal; Dauer
der 2. Geburtsperiode $1^1/_4$ St.; Kind: Knabe, $7^1/_8$ Pfd. schwer,
in 1. Scheitellage geboren, sogleich athmend, Nabelschnur
einmal um den Hals geschlungen. Am 2. Tage p. p. Bluterbrechen und blutige Diarrhöen; ebenso am 3. Tage. Kind
am 4. Tage gestorben. Leichenbefund: Nabelschnur ver-
trocknet; an der hinteren, dem Pancreas zugekehrten Seite
des Duodenum ein 1 Centimeter langes, $1^1/_2$ Ctm. breites
Geschwür, Schleimhaut allein corrodirt; weiter nach innen
dagegen sah man eine tiefergreifende, linsengrosse Stelle, wo
die Haut bis zur Serosa durchbohrt war; das Geschwür hatte
eine rauhe Basis mit eingestreuten, schwarzen Pünktchen.
Leber blass, mehrere Inseln gelb gefärbt. Ductus arteriosus
Botalli stark gerunzelt.

3. 11/6 1861. Mutter IV para, Becken normal; Dauer
der 2. Periode $^3/_4$ St.; Kind, Knabe, $6^3/_8$ Pfd. schwer, in
2. Scheitellage geboren, sogleich athmend, Nabelschnur
nicht umschlungen. Am 2. Tage p. p. Darmblutung, ebenso
am dritten. Kind genesen.

4. 30/9 1861. Mutter I para, Becken normal, Dauer
der 2. Periode $^3/_4$ St.; Kind: Mädchen, $6^1/_8$ Pfd. schwer, in

2. Scheitellage geboren, sogleich athmend; Nabelschnur nicht umschlungen. Am 2. Tage p. p. Darmblutung, ebenso am dritten. Kind genesen.

5. 7/9 1862. Mutter I para, Becken normal; Dauer der 2. Periode ¼ St.; Kind: Knabe, 6 Pfd. schwer, in erster Scheitellage geboren, sofort athmend, Nabelschnur nicht umschlungen. Am 1. Tage p. p. Magenblutung. Kind genesen.

6. 15/3 1863. Mutter I para, Becken normal, Dauer der 2. Geburtsperiode 1 St.; Kind: Mädchen, 6¼ Pfd. schwer, in 1. Scheitellage geboren, sogleich athmend, Nabelschnur nicht umschlungen. Am 2. Tage p. p. Blutabgang durch den Mastdarm bis zum fünften Tage. Kind genesen.

7. 5/5 1863. Mutter IV para, Becken normal, Dauer der 2. Periode ¼ St.; Kind, Mädchen, 5⁵/₁₆ Pfd. schwer, in 1. Scheitellage geboren, sogleich athmend; Nabelschnur nicht umschlungen. Am 3. Tage p. p. Darmblutung; Kind genesen.

8. 28/5 1863. Mutter II para, Becken normal, Dauer der 2. Periode 2¼ St., Kind: Mädchen, 6¼ Pfd. schwer, in 2. Scheitellage geboren, sogleich athmend, Nabelschnur einmal um den Hals geschlungen. Am 2. Tage p. p. Magen- und Darmblutung; letztere wiederholt sich bis zum 4. Tage. Kind genesen.

9. 31/5 1863. Mutter II para, Becken normal, Dauer der 2. Periode ¼ St.; Kind: Mädchen, 5⁵/₈ Pfd. schwer, in 1. Scheitellage geboren, sogleich athmend, Nabelschnur zweimal um den Hals geschlungen; am 1. Tage Darmblutung. Kind genesen.

10. 14/3 1867. Mutter II para, Becken normal, Dauer der 2. Periode ½ St.; Kind: Mädchen, 4¹/₈ Pfd. schwer, in 1. Scheitellage geboren, sogleich athmend; Nabelschnur einmal um den Hals geschlungen. Am 3. Tage p. p. bekam das Kind Darmblutungen, ebenso am vierten; gestorben am fünften.

Sectionsbefund: Anämie aller Organe, im Magen multiple

14

stecknadelkopfgrosse, nicht perforirende Geschwüre mit scharfen Rändern, hauptsächlich im Verlaufe der Gefässe und an der grossen Curvatur.

11. 21/5 1867. Mutter V para, Becken normal, Dauer der 2. Periode $^3/_4$ St., Kind: K n a b e, 7$^1/_8$ Pfd. sehwer, in 2. Scheitellage geboren, s o g l e i c h · a t h m c n d. Nabelschnur einmal um den Hals geschlungen. Am 4. Tage Magen- und Darmblutung. Kind genesen.

12. 9/5 1870. Mutter II para, Becken normal, Dauer der 2. Peride 2$^3/_4$ St.; Kind: K n a b e, 8 Pfd. schwer,. in 1. Scheitellage geboren, s o g l e i c h athmend; Nabelschnur nicht umschlungen. Am 3. und 4. Tage p. p. Magen- und Darmblutung. Kind. genesen.

13. 30/5 1870. Mutter I para, Beeken normal, Dauer der 2. Periode $^1/_4$ St.; Kind: K n a b e, 5 Pfd. schwer, in 1 Scheitellage geboren, s o g l e i c h athmend, Nabelschnur nicht umsehlungcn. Am 2. Tage p. p. Blutabgang per os et anum bis zum sechsten. Kind gestorben, Sectionsresultat: Grosse Anämie, Muskeln blass und weiss, die Lungen ausgedehnt. Im Herzmuskel die Querstreifung verschwunden, staubige Trübung in den Bündeln. - Im Ileum und im oberen Theil des Diekdarms Blut. Die Peyer'schen Follikel geschwellt. In der Leber Fett-Degeneration. ⸗ In dcn Nieren Harnsäure-Infarkt; in den Epithclien derselben Fettdegcneration.

14. 5/12 1870. Mutter IV para, Becken in der Conjugata vera etwas verengt (9,7 etm.), Dauer dcr 2. Periode 2$^1/_2$ St.; Kind: M ä d c h e n, 6$^1/_2$ Pfd. schwcr, in 1. Steisslage geboren, (Lösung dcr Arme und manuelle Entwieklung des Kopfes) c y a n o t i s c h; Nabelschnur nicht umsehlungen. Am 2. Tage p. p. Blutabgang per os et anum bis zum vierten. Kind gcnesen. Das Kind ist Zwilling; dcr zweite Zwilling, 7 Pfd. sehwer, wurde asphyktiseh geboren und nicht wieder belebt.

15. 11/6 1873. Mutter II para, Beckcn in der Conjugata vera verengt. (8,6 etm.) Dauer der 2. Periode $^1/_2$ St., Kind: M ä d c h e n, 5$^8/_{10}$ Pfd. sehwer, in 1. Seheitellage ge-

boren, asphyktisch; Nabelsehnur nicht umschlungen. Am 2. Tage p. p. Bluterbrechen und blutige Stühle, ebenso am 3. Tage; gestorben am vierten Tage. Sectionsbefund: Abmagerung, Anämie; aus der Nase lief Blut aus. In den Lungen Emphysem, auf der Pleura Ecchymosen; Herz klein. Im Verdauungskanal Blut bis zum Dickdarm, keine Geschwüre, Fettdegeneration im Herzmuskel, in der Leber, im Nierenepithel, Epithel der Darmschleimhaut in Zerfall.

16. 31/12 1874. Mutter IV (para, Becken normal, Dauer der 2. Periode ½ St.; Kind: Mädchen, 6⅕ Pfd. sehwer, in 1. Scheitellage geboren, sogleich athmend, Nabelsehnur nicht umschlungen. Blutabgang der anum einmal. Kind genesen.

17. 26/1 1875. Mutter I para, Becken (in der Conjugata verengt. (8,4 ctm.) Dauer der 2. Periode $3\frac{1}{2}$ St., Kind: Knabe $6\frac{9}{10}$ Pfd. schwer, sogleich athmend, in 1. Scheitellage geboren; Nabelschnur einmal um den Hals geschlungen. Am 5. Tage p. p. Blutabgang per anum und Convulsionen. Kind gestorben.

Sectionsbefund: Blut im Darm, keine Geschwüre. Die Quelle der Blutung konnte nicht gefunden werden.

Aus den angeführten 17 Fällen geht hervor, dass Melaena bei Mädchen etwas häufiger ist als bei Knaben 10 : 7 (=59 : 41). Jene Momente, welche unvollständige Entwieklung des kleinen Kreislaufs, mangelhafte Respiration oder Asphyxie bewirken könnten, wie lange Geburtsdauer bei Erstgebärenden, bei engem Beeken oder regelwidriger Kindeslage, ferner Umschlingung der Nabelsehnur um einen Kindestheil und dadurch Compression derselben bei der Geburt, oder auch mangelhafte Entwicklung des Kindes fehlen ganz oder sind nicht so deutlich ausgesprochen, dass daraus ein Schluss für die Aetiologie der Krankheit gezogen werden könnte. Denn die Austreibungsperiode dauerte:

¼ St. 4 mal; ½ St. 3 mal; ¾ St. 3 mal; 1—1½ St. 2 mal; 2—3 St. 3 mal; 3—4 St. 2 mal.

Von den Müttern waren 7 erstgebärend, 10 mehrgebärend.

Enges Becken war nur 2 mal vorhanden und zwar in keinem hohen Grade (Conj. vera 8,6 cm. und 8,4 cm.) Von den Kindern wurden 12 in erster, 4 in zweiter Scheitellage, 1 in Steisslage geboren und nur bei diesem war Kunsthilfe nöthig.

Die Nabelschnur war 7 mal um einen Kindestheil, meist Hals, umschlungen, 10 mal nicht umschlungen. Die Kinder waren durchwegs ausgetragen und wogen 11 mal über 6 Pfd., unter 6 Pfd. 6 mal.

Asphyxie, unvollkommene Entwicklung der ersten Inspiration und des kleinen Kreislaufs war in 17 Fällen nur 2mal vorhanden (Fall 1 und 15), im Falle 14 war das Kind cyanotisch, kaum asphyktisch. Es ist dies ein Resultat, welches mit der von Dr. Landau für die Erklärung der M. urgirten Voraussetzung gar nicht stimmt.

Die Quelle der Blutung konnte in den 6 tödtlich verlaufenen Fällen nur 2 mal in der Form von Magen- und Duodenal-Geschwüren nachgewiesen werden; für die übrigen Fälle müssen capilläre und venöse Blutungen in Anspruch genommen werden. — Andeutungen von Allgemeinerkrankungen des Kindes (Hämophilie, Pyämie, Pocken u. s. w.) fehlen. Ebenso sind für die früher aufgestellten Erklärungen der M., wie lokale oder allgemeine Plethora, Gefässzerreissungen im Mund, Pharynx, Speiseröhre, verschlucktes mütterliches Blut keine Anhaltspunkte gegeben.

In einem Falle war die M. von Convulsionen begleitet, woraus aber natürlich noch nicht auf eine Abhängigkeit ersterer vor letzteren (Vogel, Tissot) geschlossen werden kann.

Bei den Sectionen ist auf die Verhältnisse des Duct. art. Bot. und der Vena umbilicalis meist nicht geachtet worden, da erst durch Landau auf diese beiden Abschnitte des Gefässsystems die Aufmerksamkeit gelenkt worden ist.

Soviel ist also sicher, dass in vielen Fällen eine anatomische Ursache für die Darmblutungen der Neugeborenen zu finden ist, nämlich Ulcerationen der Schleimhaut; aber darüber, wie und wann diese entstehen, sind die Ansichten getheilt. Gewichtige Autoritäten. schreiben ihnen intrauterinen Ursprung zu, Landau lässt sie nach der Geburt entstehen und gibt auch für das Wie eine plausible Erklärung, nur ist Manches darin gekünstelt und mit den Beobachtungen Anderer nicht übereinstimmend. Noch immer bleibt die Frage offen: Warum so selten Melaena, obwohl die von Landau postulirte Ursache derselben, nämlich Störungen bei der Entwicklung des kleinen Kreislaufs und der ersten Inspiration so häufig sind? Ferner die Frage: Warum Melaena bei gänzlichem Mangel besagter Störungen?

Die Möglichkeit, dass innerhalb 1—2 mal 24 Stunden eine durch Embolie der zuführenden Arterie ausser Ernährung gesetzte Schleimhautpartie in Ulceration übergehen kann, lässt sich nach den neuesten experimentellen Arbeiten über Embolie und Thrombose nicht in Abrede stellen, und es spricht somit das frühe Auftreten der Darmblutungen (1. u. 2. Tag p. p.) nicht gegen die extrauterine Entstehung der Geschwüre.

Der Symptomen-Complex ist ein sehr einfacher, es wird eben Blut erbrochen oder durch den After entleert. Das erbrochene Blut ist meist schon durch den sauren Magensaft zersetzt, schwärzlich und krümlich. Nur wenn der Magen schnell angefüllt und so der Brechact ausgelöst wird, ist das Blut noch hell und roth. Per anum geht anfangs Meconium ab, dann schwarzgefärbte, oft aashaft riechende Massen, welche sich als ein Gemisch von Darminhalt und verändertem Blut erweisen; wenn die Blutung profus ist, so nimmt das Entleerte immer deutlicher rothe Farbe an, bis schliesslich das reine Blut abgeht.

Die Blutung begann in unseren 17 Fällen 3 mal am 1. Tage, 7 mal am 2., 4 mal am 3., 1 mal am 4., 1 mal am 5., 1 mal am 6. Tage nach der Geburt und dauerte, natürlich mit grösseren Pausen, 7 mal 1 Tag, 5 mal 2 Tage, 4 mal 3 Tage, 1 mal 5 Tage.

Die Blutung erfoglte per os allein 1 mal, per os et anum zugleich 9 mal, per anum allein 7 mal. Die Kinder wurden in mehreren Fällen hochgradig anämisch, erholten sich aber öfter aus dem sehr bedrohlichem Zustande. — Der Gewichtsverlust war einigemal ein recht beträchtlicher (bis zu $1\frac{3}{8}$ Pfd.) im Vergleich mit dem Gewicht nach der Geburt.

Bei den 6 gestorbenen Kindern dauerte der Blutabgang 1 Tag 1 mal, 2 Tage 3 mal, 3 Tage 1 mal, 5 Tage 1 mal und starben die Kinder am zweiten Tag p. p. 1 mal, am 4. Tage 2 mal, am 5. Tage 1 mal, am 6. Tage 1 mal, am 8. Tage 1 mal.

Von anderen Krankheitserscheinungen werden einmal Convulsionen erwähnt. — Von Pyämie und anderen Allgemeinerkrankungen ist nie die Rede.

Die Prognose der M. richtet sich ganz nach der Ursache. Bei einer tiefgreifenden Ulceration, bei Pyämie, Hämophilie oder ähnlichen Zuständen ist sie gewiss schlecht. Besser gestaltet sie sich, wenn die Blutung aus Capillaren oder einer rupturirten Vene statt hat. Sollte einmal locale oder allgemeine Plethora eine Blutung veranlassen, so müsste diese sogar als günstig und ausgleichend betrachtet werden. In den Fällen von M. spuria ist natürlich die Blutung von geringem Belang.

Wenn wir die angeführten 17 Fälle zu Grunde legen, worunter 6 tödtlich verliefen, so ergibt sich eine Sterblichkeit von 35,3 Procent. Uebrigens ist aus den genannten Fällen ersichtlich, dass Neugeborene mitunter sich selbst von einem grossen Blutverluste schnell erholen können.

Prophylactisch kann nur in dem Falle etwas gethan werden, wenn die Blutungen durchwegs auf der von Landau angegebenen Geschwürsbildung beruhen. Die Prophylaxe würde dann nach Landau darin bestehen, dass die Kinder nicht eher abgenabelt werden, als bis sie kräftig geschrieen haben und dass die 2. Ligatur der Nabelschnur, wenn eine solche überhaupt in Anwendung kommt, nicht nach dem Kinde, sondern nach der Placenta hin angelgt wird. Ferner soll der Nabelstrang sorgfältig behandelt, nicht gezerrt oder sonst misshandelt werden. Bei Behandlung der Asphyxie soll man aber nicht eher die Athmung durch kräftige Reflex-Reize einleiten, als bis das Blut durch eigene Herzthätigkeit etwas decarbonisirt ist.

Ist einmal eine Blutung eingetreten, so erweisen sich kalte Umschläge auf den Leib, per os zu reichende Adstringentien, besonders der Liquor ferri sesquichlorati in einer Verdünnung, dass die Flüssigkeit eben weingelb ist, viel wirksamer als Kaltwasser- oder adstringirende Klystiere, welche doch nicht an den Ort der Blutung gelangen. Vor den Opiaten ist in so zartem Alter entschieden zu warnen.